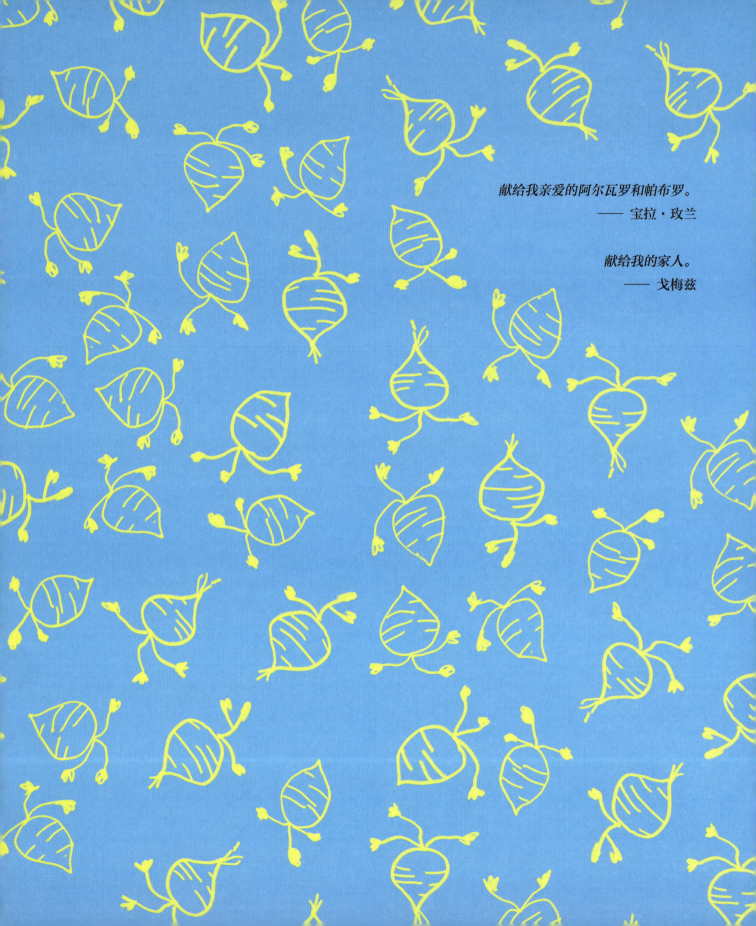

献给我亲爱的阿尔瓦罗和帕布罗。
—— 宝拉·玫兰

献给我的家人。
—— 戈梅兹

我的鼻孔里
有座花园

〔西〕宝拉·玫兰 著

〔西〕戈梅兹 绘

毛太郎 译

未小读
UnRead Kids

浙江教育出版社·杭州

"你的鼻子会越变越大的！"

这句话爸爸妈妈重复了一遍又一遍。

不过……苏菲就是有这个坏习惯。

她喜欢把提姆——她左手的食指——塞进鼻子里。

苏菲总是这样干：

在她给小狗米洛喂食的时候，

在她给动物画上色的时候，

在她嚼薄荷味泡泡糖的时候……

苏菲的鼻子里，虽然光线昏暗，但是温暖舒适。
提姆一点儿一点儿地把这里改造成了他的家。

在鼻子入口处，提姆挂上了一块巨大的牌子：

他还给自己建了一间客厅，里面有一把扶手椅，让他能够舒舒服服地窝着看电视。无聊的时候，他就会去厨房，享受美味的饭菜。

提姆最好的朋友是手指鲍勃，鲍勃有时会突然来做客。每次，提姆都能迅速给他做出好吃的点心。

鲍勃最喜欢的是
黏液巧克力蛋糕。

吃完饭后，提姆喜欢靠在椅子上，从图书室里挑一本书来读。他喜欢的书有：《拇指汤姆历险记》《大坏手指的故事》和《3 只小指头》，等等。

拇指汤姆
历险记

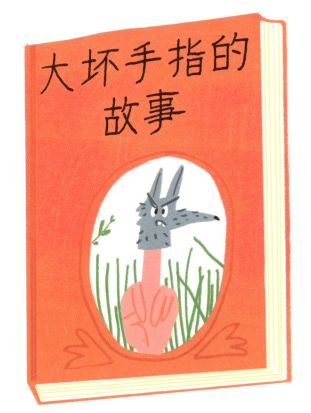

大坏手指的
故事

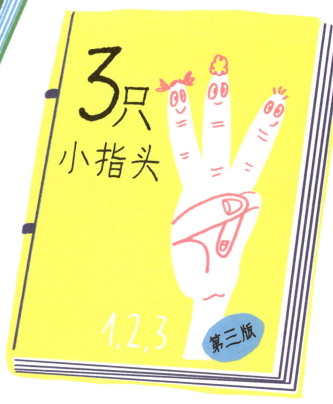

3只
小指头

1,2,3

第三版

有一天，苏菲照镜子的时候发现：
自己的鼻子变得巨大无比。

"我的鼻子看起来像根萝卜！"

"这是谁呀，又吵又闹的？"

"妈！我的鼻子大得跟巨人的鼻子一样！"

"我们早就跟你说了，苏菲，可你从来都不听……"

"我该怎么办？"

"把鼻子泡在冰水里？"

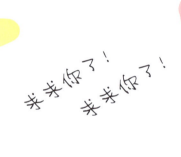

"求它缩回去？"

"用棒球帽把它遮起来？"

"哦，苏菲，你一定能想出办法的。好好看一看，好好想一想，你该怎么做。"

苏菲开始思考自己一天里做的每一件事情。很快，她就意识到：提姆一有机会就要来她的鼻子里逛上一圈。

"提姆，你知道为什么我的鼻子变大了吗？"苏菲问道。

"这个嘛……你经常带我去你的鼻子里，已经好几年了。"

"真的吗？"苏菲问道，她有点儿摸不着头脑。

"我已经把那里当成自己的家了。在你的鼻子里，我有一间客厅、一间厨房、一间图书室……"提姆答道。

"你怎么可以这样对我呢？"苏菲问道。

"如果你再给我一段时间，我就能在里面建造一座公园了，有滑梯，有秋千，还有一处小花园。"提姆补充道。

"请不要这样！如果你继续在那里盖房子，我的鼻子就要垂到地板上了！"

提姆不知道该怎么办。他想帮苏菲，可是要怎样做，才不会
失去他甜蜜的家呢？

"你不会是想把我踢出去吧？那样的话，谁来
保证我能过得温暖又舒适呢？"

"谁来给我烤黏液巧克力蛋糕呢？"

"最重要的是，我还怎么读我喜爱的书呢？"

"这些我都能帮你。"苏菲安慰他道。

"那就行。"提姆回答说，"你的地盘，你负责。"

苏菲把现在的情况好好思量了一番。她的手指
说得没错，鼻子变得这么大，完全是她自己的责任！
爸爸妈妈已经提醒过她很多次了。

从此以后，苏菲抠鼻子的时候总是很小心。而提姆现在有了一件外套，所以他不会觉得冷了。他过得温暖又舒适！

每当苏菲在家烤蛋糕的时候，她都让提姆先尝。

每次苏菲读自己最爱的书时，她都用手指指着书上的字领读，
于是提姆觉得自己就是故事里的大明星。

苏菲和提姆都很快乐。渐渐地，她的鼻子也恢复到了正常的大小。

不过，需要补上这一课的人，不只是她呢……

图书在版编目（CIP）数据

我的鼻孔里有座花园 /（西）宝拉·玫兰著；（西）
戈梅兹绘；毛太郎译 . -- 杭州：浙江教育出版社，
2020.6（2024.2 重印）
ISBN 978-7-5722-0197-4

Ⅰ . ①我… Ⅱ . ①宝… ②戈… ③毛… Ⅲ . ①儿童故
事—图画故事—西班牙—现代 Ⅳ . ① I551.85

中国版本图书馆 CIP 数据核字 (2020) 第 067307 号

EL DEDO EN LA NARIZ
© Text: Paula Merlán, 2018
© Illustrations: Gómez, 2018
© NubeOcho, 2018

Simplified Chinese translation rights arranged through Andrew Nurnberg Associates
International Ltd on behalf of S.B.Rights Agency – Stephanie Barrouillet
Simplified Chinese edition copyright © 2020 by United Sky (Beijing) New Media Co., Ltd.
浙江省版权局著作权合同登记号 图字：11-2020-169 号

我的鼻孔里有座花园
WO DE BIKONG LI YOU ZUO HUAYUAN

〔西〕宝拉·玫兰 著
〔西〕戈梅兹 绘
毛太郎 译

选题策划　联合天际
特约编辑　严　雪
责任编辑　赵清刚
装帧设计　浦江悦
责任校对　马立改
责任印务　时小娟

出　　版　浙江教育出版社
　　　　　杭州市天目山路 40 号 邮编：310013
　　　　　电话：(0571) 85170300-80928
发　　行　未读（天津）文化传媒有限公司
印　　刷　北京雅图新世纪印刷科技有限公司
字　　数　55 千字
开　　本　889 毫米 × 1194 毫米　1/16
印　　张　2.75
版　　次　2020 年 6 月第 1 版　2024 年 2 月第 6 次印刷
ISBN　978-7-5722-0197-4
定　　价　49.80 元

未小读
UnRead Kids
和世界一起长大

客服咨询